À vos marques! Prêts? Hockey!

Kari-Lynn Winters

Illustrations de
Helen Flook

Texte français d'Isabelle Allard

SCHOLASTIC

Les illustrations sont dessinées et peintes avec des encres acryliques FW, et rehaussées par endroits aux crayons de couleur Caran d'Ache sur du papier extra-lisse Fabriano 50 % coton pressé à chaud.

Catalogage avant publication de Bibliothèque et Archives Canada

Winters, Kari-Lynn, 1969-
[Let's play a hockey game! Français]
À vos marques! Prêts? Hockey! / Kari-Lynn Winters ; illustrations de Helen Flook ; texte français d'Isabelle Allard.

Traduction de : Let's play a hockey game!
Histoire en rimes.
ISBN 978-1-4431-4819-1 (couverture souple)

1. Poésie enfantine canadienne-anglaise. I. Flook, Helen, illustrateur II. Pilotto, Hélène, traducteur III. Titre. IV. Titre: Let's play a hockey game! Français.

PS8645.I5745L4814 2016 jC811'.6 C2016-901624-2

Édition publiée par les Éditions Scholastic, 604, rue King Ouest, Toronto (Ontario) M5V 1E1 CANADA.

6 5 4 3 2 1 Imprimé en Malaisie 108 16 17 18 19 20

À Chris, Ken, Patricia et Scot, pour leur précieuse assistance. Vous m'avez aidée à trouver les mots et à marquer des points. Et un grand merci à Jase, Cooper et Mel, trois lecteurs étoiles amateurs de hockey.

— K. W.

À Roland et Macsen, mes deux joueurs de hockey préférés.

— H.F.

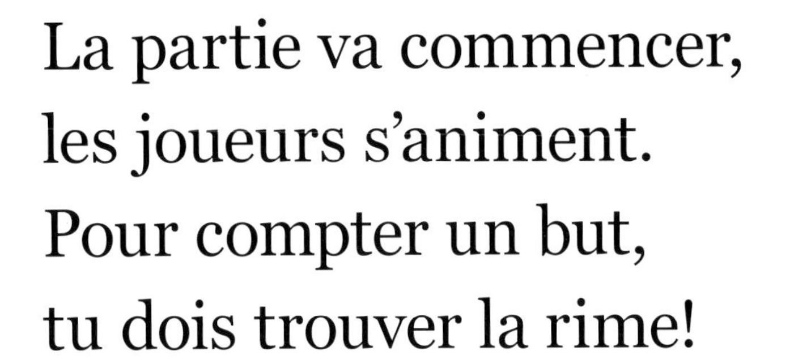

La partie va commencer,
les joueurs s’animent.
Pour compter un but,
tu dois trouver la rime!

La sonnerie retentit,
tout le monde sait quoi faire.

Frappe la rondelle,
c'est un filet...

Déjà **UN** point, tu es en feu.
Encore un but et ça fera **DEUX!**

Cette grande surface, lisse comme un miroir...
Elle est glacée.
Elle est ovale.
C'est une...

PATINOIRE!

Elle file comme si elle avait des ailes.
Elle est noire. Elle est ronde.
C'est une...

RONDELLE!

Quel beau but! **TROIS** points marqués.
Tu en sais beaucoup sur le **HOCKEY.**

Un coup percutant, vas-y à fond!
Frappe la rondelle avec ton...

BÂTON!

Un point de plus,
pour un total de **QUATRE.**

Avec **CINQ,**
vous pourrez les battre!

Obstruction! Surtout, fais attention!
Ne te retrouve pas sur le banc des...

26

PUNITIONS!

À la dernière seconde,
la rondelle glisse.
Tout droit dans le filet,
et en voilà **SIX!**

Surveille la rondelle,
ne la quitte pas des yeux,
si tu veux remporter
la mise au...

JEU!

Avec tes coéquipiers,
vous jouez comme des pros!
SEPT, HUIT et **NEUF,**
c'est un tour du chapeau!

Cette partie nous tient en haleine.
Les joueurs s'élancent, **patinent** et **freinent!**

Cette partie est digne
de la Ligue nationale.
La rondelle traverse
la **ligne centrale!**

Le jeu est tellement intense!
J'aime te voir jouer à la **défense!**

Encore une échappée dévastatrice...
Tire en force et ça fait **DIX!**

Entre les jambières de la gardienne à l'affût, la rondelle file. Tu marques un autre...

BUT!
H V H V
10:9 10:9

Ton équipe a gagné,
la foule est déchaînée!
C’est évident, tu sais jouer au...

HOCKEY!